KB042190

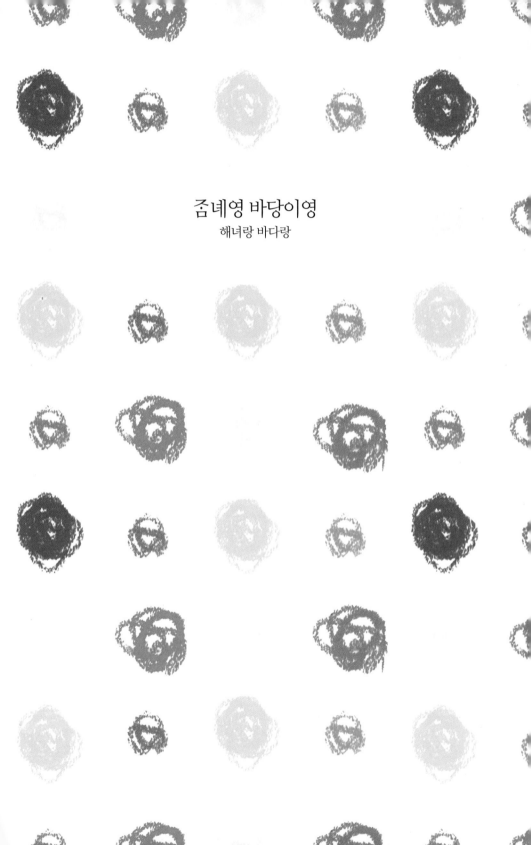

좀녜영 바당이영

해녀랑 바다랑

일러두기

독자의 이해를 돕기 위해 제주어 동시와 표준어 동시를 함께 실었습니다.
제주어 동시의 제목은 ■색으로, 표준어 동시의 제목은 ■색으로 표기했습니다.

좀녜영
바당이영

해녀랑 바다랑

책과나무

다시 세 번째 동시집을 내놓는다. 개인과 가정, 학교에 관한 내 마음은 이미 두 권의 동시집에 다 담았다. 이번엔 제주에 대한 동시들을 모아 제주어로 담았다. 제주엔 한라산, 오름, 올레길, 돌담, 바다, 해녀만 있는 게 아니다. 제주어가 있다. 제주어도 아주 생생하게 살아 있음을 이 세상에 알리고 싶었다. 그리고 전 세계 아이들에게도 제주어가 당당히 살아 있다고 외치고 싶었다.

이 동시집은 어른과 어린이를 위한 동시다. 그렇게 짜고 싶었다. 그러나 막상 제주어에 뛰어들고 보니 나 자신이 문제였다. 말하고 듣고 내 가슴에 살아 있다고 생각한 제주어를 써 보려고 펜을 든 순간, 망연해졌다. 제주어를 써 보기 전에는 나에게 오지 않았다. 2년여 동안 나는 눈만 멀뚱멀뚱하고 있었다. 올해 초에야 비로소 쓰기를 각오하고 덤벼들었다. 국어도 말하고 듣고 쓰기가 하나이듯 제주어도 말하고 듣고 쓰기가 일치해야만 익힐 수 있는 언어임을 자각하게 된 것이다.

그 사실을 깨달은 순간부터 지금까지 매일 아침 책을 읽고 시를 읽던 나의 습관을 잠시 접어 두고 대신 제주어 사전을 펼치고 말하고 듣고 쓰고 있다. 한 글자 한 글자 익힐수록 점점 더 베일에 싸여 가고 수렁에 빠져들지만 이거 하나만큼은 분명하다. 수십 년 가슴속에 묻어 두었던 나만의 원초적 언어가 꿈틀대면서 기어 나오는 것을, 매번 내 가슴은 울컥울컥 파동치고 그 살아 있는 언어를 그대로 써 볼 때마다 심장이 후끈후끈하고 속 시원해진다는 것을. 내가 어쩔 수 없이 제주 사람이라는 증거다. 그 아득한 옛날 할머니의 할머니가, 어머니의 어머니가 대대로 사용하고 입안에서 굴리던 우리만의 보석언어라는 사실을 알아냈다는 것 자체가 내 인생의 대발견이다.

습관, 훈련, 교육은 빠를수록 좋다. 제주에 사는 어린이들이 가까이에서 제주어를 접하는 방법이 뭘까 고심하다가 아직 서투른 제주어지만 제주어동시집을 만들기로 했다. 1년 동안 끙끙대며 고심하다 결국 12월 막바지에 완성되었다는 것에 큰 자부심을 느낀다.

나를 제주어의 세계로 이끌어 준 '제주어보전회', 언제나 열정과 진실로 제주어에 푹 빠진 9기 소도리쟁이 김순란 회장님을 비롯한 회원님들께 감사드린다. 해녀들에 대해 깊이 생각해 보던 한 해여서인지 내가 해녀인 것처럼 느껴졌다. 제주에 사는 모든 해녀들에게도 감사드린다. 그리고 나를 동심의 세계에 머물게 해 주었던 곽금초, 제주중앙초, 대흘초, 대정초, 송당초, 귀덕초, 보목초 아이들, 서귀포 동부도서관, 서부도서관, 기적의 도서관, 삼매봉 도서관에서 만났던 아이들, 이미 한 가족처럼 끈끈하게 지내는 '양순진독서논술' 아이들에게 이 동시집을 바친다. 나를 스치고 간 아이들의 눈망울과 마음의 소리가 이 동시집 곳곳에 스며 있다.

그리고 나를 존재하게 해 주는 제주도에게 감사한다. 언제나 그립고 존중하며 사랑한다, 제주야.

2019년 12월에
양순진 시인

차 례

2부 애기 업은 돌

3부 비ㅈ람질 고민

4부 좀녜영 바당이영

1부

난 제주서 살아마씀
나는 제주에 살아요

노리롱훈 미깡 ㄱ득고근득종

올렛질 정답고

검은돌로 다운 밧담 하영이신

제주가 좋아마씀

돌담비

오월 하늘이서
톡
톡
토톡

돌담 우티로

▶ 〈돌담비〉 곽금초 1학년 김도윤

14

톡
톡
토톡

꼴 싱그리던 돌담덜
방긋
방긋
방긋

돌담 안이
졸고 잇인
청보리도
미깡 꼿도
마농 꼿도

호
호
호

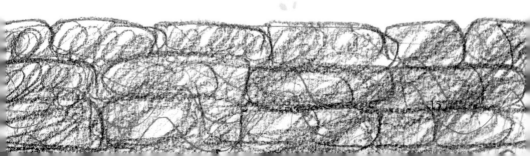

돌담비

오월 하늘에서
톡
톡
토톡

돌담 위로
톡
톡
토톡

찡그리던 돌담들이
방긋
방긋
방긋

돌담 안
졸고 있던
청보리도
굴꽃도

마늘꽃도

호

호

호

산천단 곰솔

제주시 산천단이는
육백 년 산 곰솔 ♀ 돎 제

그 ㅅ시 폭낭
복달낭
몰쿠실낭

▶ 〈산천단 곰솔〉 곽금초 3학년 이동건

비가 오나 눈이 오나
웨롭지 안ㅎ연.

할락산 봉데기 가는 대신
곰솔 잇인 산천단이서
하늘에 제사를 지낸마씀.

하늘 웃터레 주짝ㅎ
홁은 지둥
ㅅ방으로 벋은
놀씬 낭가젱이

곰솔은
신이 ㄴ려완 아쓱
쉼도 ㅎ고
셍이덜도 홋썰 앚안
놀레ㅎ는
자파리터 닮아 마씀

산천단 곰솔

제주시 산천단에는
600년 된 곰솔이 여덟 그루

주변엔 팽나무
예덕나무
멀구슬나무
비가 와도 눈이 와도
외롭지 않아요.

한라산 꼭대기 가는 대신
곰솔 있는 산천단에서
하늘에 제사를 지냈대요.

하늘 향해 치솟은
굵은 기둥
사방으로 뻗은
날쌘 나뭇가지

곰솔은

신이 내려와 잠시
쉬기도 하고
새들도 잠시 앉아
노래하는
놀이터 같아요.

꽂가름 휴애리

제주도 서귀포
꽂가름 휴애리

봄이는 매화
으름이민 수국
ᄀ슬뒈민 핑크뮬리

▶ 〈꽃동네 휴애리〉 곽금초 3학년 강지운

22

저슬은 동백
4계절 꼿시상

그디 들어사민
할마님도 꼿
하르바님도 꼿
아지망 아지방도 꼿

나 눈인 문
꼿으로 ㅂ려져마씀.

휴애리에 오민
셍이도 구름도 꼿
느도 나도 꼿
꼿추룩 헌ㅎ여집니께.

23

꽃동네 휴애리

제주도 서귀포
꽃동네 휴애리

봄에는 매화
여름에는 수국
가을에는 핑크뮬리
겨울에는 동백
사계절 꽃나라

그곳에 들어서면
할머니도 꽃
할아버지도 꽃
아주머니 아저씨도 꽃

내 눈엔 다
꽃으로 보여요.

24

휴애리에 오면
새도 구름도 꽃
너도 나도 꽃
꽃처럼 환해져요.

웃는 므을 낙천리

낙천리는
아옵 밧디 연못광
천 개의 걸상이 잇어마씀.

낙천리 촛아오는 사름덜 위ㅎ연
보리수제비
보리피자
보리 게역ㄱ를 체홈도 ㅎ여마씀.

낙천리 가민
믄 웃임 웃이당
웃임 ㄱ득 담앙 감니께.

웃는 마을 낙천리

낙천리에는
아홉 개의 연못과
천 개의 의자가 있어요.

낙천리 찾아오는 사람들을 위해
보리수제비
보리피자
보리 미숫가루 체험도 해요.

낙천리에 가면
모두 웃다가 웃다가
웃음 가득 담고 간답니다.

▶ 〈웃는 마을 낙천리〉 곽금초2학년 정유빈

누웨모루질

어느제부떠 산디
중국 사름덜 담아들언
간판 문 중국어로 바꽝은
제주산디 중국산디 서꺼지던
바오젠질

와르르 담아들던
중국 사름덜
와르르 몰려가가민

▶ 〈누웨모루거리〉 곽금초 2학년 김지현

28

헹 비운 가름

이제 제우 정신 출려신가
바오젠질 아사된
누웨 무루질로
당당히 일름을 바꽈신게.

그 뜻은 누에고치 모냥
꼴렝인 제주공항
알 수시는 도령무루
준둥이는 은남동
머리는 남조봉

안직도 늦지 안앗주
아멩 심들어도
우리 것 일러불지 말앙
지켜 내당 보민

이루후제 이 거리에
훌룽흔 사름 쑥쑥 나오고
문딱 문딱
코삿ㅎ여질 거라는 걸

누웨머루거리

언제부터인가
중국 사람들 몰려들어
간판 모두 중국어로 바뀌고
제주인지 중국인지 헷갈리던
바오젠 거리

와르르 몰려들던
중국 사람들
와르르 몰려가면
텅 비던 동네

이제 겨우 정신 차렸는지
바오젠거리 없애고
누웨머루거리로
당당히 이름 바꾸었다.

그 뜻은 누에고치 모습
꼬리는 제주공항
아랫부분은 해태동산

허리는 은남동
머리는 남조봉

지금도 늦지 않았다
아무리 힘들어도
우리 것 잊지 말고
지켜 내다 보면

앞으로는 이 거리에
훌륭한 사람 쑥쑥 나오고
모두모두
행복해질 거라는 걸

솟대

우리 모을 들어사는 질 목
진 장대 끗뎅이 오리 호 모리
하늘 더레 놀갯짓호염신게

얼마나 놀구정 호여시민
비가 오나
보름 불어도
높은 디 지켬신고

▶ 〈솟대〉 곽금초 2학년 정혁준

얼마니나 하늘에 가구정 ᄒᆞ여시민
눈도 모가지도
놀개도 가달도
하늘 더레 솟암신고

얼마니나 까치 뒈고정 ᄒᆞ여시민
이 ᄆᆞ을 저 ᄆᆞ을
지꺼진 지벨 골아주젠
까치발 동동 굴러시코

봄이 오랏젠
봄맞이 걸으렌
돌싹돌싹
우리 ᄆᆞ을 지킴이
촘 든든ᄒᆞ게

33

솟대

우리 마을 입구
긴 장대 끝 오리 한 마리
하늘 향해 날갯짓한다
얼마나 날고 싶었으면
비가 와도
바람 불어도
높은 곳 지킬까

얼마나 하늘에 닿고 싶었으면
눈도 목도
날개도 다리도
하늘 향해 치솟을까

얼마나 까치 되고 싶었으면
이 마을 저 마을
좋은 소식 알리려고
까치발 동동 구를까

봄이 왔다고

봄맞이 가자고
들썩들썩
우리 마을 지킴이
참 든든하다

족은 무심 모두우민

담쟁이쿨 짓인 담베락 안네
남녕고 뒤우영
고찌 살게 마씀
요영 족은 문세 알이
종이 상ㅈ

그 안이 둿둿훈 담요
곱닥훈 인형 두 개
고녱이 세 무리
베롱거리는 눈망데기덜
몰르는 사름 촞아와도
도망가지 안훙 염신게.

욜이는 고녱이 것통
너미 하영 주지 맙서!
건강 궤삼봉ㄲ지 가냥후는
남녕고 문 훅생덜
집엇인 길 고녱이덜 입주 허락훈
선싱님덜 무음도

36

막 고맙고 말고.

천스는 하늘에만 신 줄 알앗인디
대한민국 최남단 제주도
남녕고에 문 모다 들엇인게.

똔 사름덜이 ᄒ지 안ᄒ 걸
실천ᄒ는 건
ᄉ못 큰 용기
ᄉ못 큰 빗
올 저슬 고넹이덜
둣둣ᄒ게 좀들 수 시컨게.

▶ 〈작은 마음이 모이면〉 곽금초 6학년 이지석

작은 마음이 모이면

담쟁이 덩쿨 무성한 담벼락 안
남녕고 뒤뜰
함께 살아요
라고 적힌 문구 아래
종이박스

그 안엔 따뜻한 담요
예쁜 인형 둘
고양이 세 마리
말똥거리는 눈망울들
모르는 사람 찾아와도
도망가지 않는다.

옆에는 고양이 사료통
너무 많이 주지 마세요!
건강 배려까지 챙기는
남녕고 전교생
떠돌이 길냥이들 입주 허락한
선생님들 마음도

참 고맙다.

천사는 하늘에만 있는 줄 알았는데
대한민국 최남단 제주도
남녕고에 모두 모여 있었네

다른 사람들이 하지 않는 걸
실천하는 건
가장 큰 용기
가장 큰 빛
올 겨울 고양이들
따뜻하게 잠들 수 있겠다.

서귀포 매화

서귀포 동산질에 매실낭
어제꼬지만 흐여도
앙상흐여선게마는

오널은 가차이 간에
좃좃이 베려보건

▶ 〈서귀포 매화〉 곽금초 5학년 박세린

가젱이가젱이마다 문
봉긋봉긋 꼿봉오지덜

봄은 안직도 먼먼ᄒ여신디
어떵 꼿을 페와신고

해도 곱아 불곡
ᄇᆞ름도 숨 엇인 밤

벨이 ᄂᆞ려오란 꼿이 뒈어실 거라
돌이 ᄂᆞ려오란 꼿이 뒈어실 거라
누게도 몰르게 헤양ᄒᆞᆫ 눈 솔쩨기 ᄂᆞ려완
꼿이 뒈어실 거라

매실낭도
이젠 웨롭지 안ᄒᆞ연
헤양ᄒᆞ게 빙삭거렴신게

서귀포 매화

서귀포 길가 매실나무
어제까지만 해도
앙상했었는데

오늘 가까이 다가가
자세히 보니
가지가지마다
봉긋봉긋 꽃망울들

봄은 아직 멀었는데
어떻게 꽃을 피웠을까

해님도 숨어 버리고
바람도 숨죽인 밤

별이 내려와 꽃이 되었을 거야
달이 내려와 꽃이 되었을 거야
아무도 몰래 하얀 눈 살짝 내려와
꽃이 되었을 거야

매실나무도
이젠 외롭지 않아
하얗게 방긋거린다

풍선넌쭐1

톡, 건들고정 하다
동글동글 동그란 것
민질민질 멘질흔것
지랑지랑

톡, 터치우고정 하다

▶ 〈풍선덩굴1〉 중앙초 4학년 고은정

도채비 나오카
스막 여우 나오카

ㅍ리롱 ㅍ리롱
셋브름 셍이 나오카

흐늘흐늘
늘어가는 ㅍ리롱혼 풍선덜
둥싯둥싯 나가 타고
산 넘엉 가고정 흐다

저 먼바당 넘언
갈라파고스에 느리고정 흐다

풍선덩굴 1

톡, 건들고 싶다
동글동글 동그란 것이
매끌매끌 매끈한 것이
대롱대롱

톡, 터트리고 싶다
도깨비가 나올까
사막여우가 나올까
파라랑 파라랑
휘파람새 나올까

하늘하늘
늘어 가는 연두 풍선들
둥둥 내가 타고
산 너머 가고 싶다

저 먼바다 너머
갈라파고스에 닿고 싶다

WELCOME TO
GALAFAGOS!

한라산이는

한라산이는
산꼬멩이부전나비도 싯고
청띠제비나비도 싯고
산굴뚝나비도 싯다.

한라산이는
제주멋쟁이딱정벌레도 싯고
비바리베염도 싯고
제주도롱뇽도 싯다.

한라산이는
구상나무도 싯고
졸참나무도 싯고
돌매화나무도 싯다.

한라산에는
엇인 게 엇다.

한라산에는

한라산에는
산꼬마부전나비도 있고
청띠제비나비도 있고
산굴뚝나비도 있다.

한라산에는
제주멋쟁이딱정벌레도 있고
비바리뱀도 있고
제주도롱뇽도 있다.

▶ 〈한라산에는〉 곽금초 2학년 정수빈

한라산에는
구상나무도 있고
졸참나무도 있고
돌매화나무도 있다.

한라산에는
없는 게 없다.

엉또폭포

곳소곱에 톤톤 곱안 싯단
비만 느리민
큰큰혼 놀개 돌앙
휘리릭 휘리릭
놀아드는 새

비 그치민
헤양혼 날개 줍안
좌라락 좌라락

▶ 〈엉또폭포〉 곽금초 3학년 김승현

저착 먼먼훈 하늘로
엇어저부는 새

오널도 궤 뒤깡에
튼튼 곱안
헤양 혼 새 혼 무리 지다렴신게.

엉또폭포

숲속에 꼭꼭 숨어 있다가
비만 오면
커다란 날개 달고
휘리릭 휘리릭
날아오는 새

비 그치면
흰 날개 접고
좌라락 좌라락
저 먼 하늘로
사라져 버리는 새

오늘도 바위 뒤에
꼭꼭 숨어
하얀 새 한 마리 기다린다.

애월항 등대

두 발 퉁퉁 붓이컨게
흐를 헤원 춘물에 발 동간
오레오레 산 잇언

두 눈 퉁퉁 붓이컨게
질 일러분 베혼티

▶ 〈애월항 등대〉 곽금초 2학년 권도은

불 붉혀 주노렌
메날 밤 혼숨도 못 자거네

두 손 메날 통통 붓이컨게
하우작데멍
불어오는 브름 막아내젠 호난

게도 어느제나 이녁자리 지키멍
희망 여불지 안호는
붉은 옷 등대 삼춘

오널도 번들구름 모즈 썬
두 눈에 벨롱 벨롱 불 싸멍
묵묵히 제주 바당 직호염신게

애월항 등대

두 발 퉁퉁 붓겠다
하루 종일 짠물에 발 담그고
오래오래 서 있어서

두 눈 퉁퉁 붓겠다
길 잃은 배에게
불 밝혀 주느라
매일 밤 한숨도 못 자서

두 손 매일 퉁퉁 붓겠다
허우적대며
불어오는 바람 막아 내느라

그래도 언제나 제자리 지키며
희망 잃지 않는
붉은 옷 아저씨

오늘도 뭉게구름 모자 쓰고

두 눈에 반짝반짝 불 켜며
묵묵히 제주 바다 지킨다

박각시

볼그릇ㅇ훈 베롱낭 꽃 우티
호쓸 쉬엉 가젠
ㄱ만이 신 벌생이 훈 무리

형광등 빗 뿌르기로
일 초에 벡 스므 번이나
놀개짓훈다는
신기훈 셍이

먹엉 놀앙 똥 싸는 일?정
허천에 뜬 냥 헤결ᄒ는
대단훈 셍이

벡일홍은
그걸 알암신가 몰람신가
벌생이 훈티 애낌읏이
활짝 꼿섭 욜아 줨신게,

흥다 걱정 말앙 쉬단 가렌
오래오래 싯단 가렌

박각시

빠알간 백일홍꽃 위
잠시 쉬다 가려고
멈춰 있는 벌새 한 마리

형광등 빛 속도로
일 초에 백이십 번이나
날갯짓한다는
신기한 새

먹고 놀고 똥 싸는 일까지

▶ 〈박각시〉 곽금초 2학년 정수빈

공중에 떠 있는 채 해결하는
대단한 새

백일홍은
그걸 아는지 모르는지
벌새에게 아낌없이
활짝 꽃잎 열어 준다.

걱정 말고 쉬다 가라고
오래오래 머물다 가라고

난 제주서 살아마씀

놈덜은 놈덜은
너르독혼 시상 좋덴
미국으로 중국으로
공비호레 나감주마는

나는 나는
높은 한라산
푸른 바당
푸른 하늘 출렁이는
제주가 좋아마씀.

▶ 〈나는 제주에 살아요〉 곽금초 3학년 진현서

어른덜은 삼춘덜은
서울 가사 성공훈덴
땅 풀고
집 풀안 감주마는

나는 나는
노리룽훈 미깡 ᄀ득ᄒ고
올렛질 정답고
검은돌로 다운 밧담 하영이신
제주가 좋아마씀.

우리 하르방 일룬 땅
우리 아방 다끄고 지킨 땅
나가 지켜 가멍
제주서 살 거라마씀.

우리 할망 손 탄 트멍트멍
우리 어멍 꼿 심은 곱닥훈 울 안
유루제 낙원 뒈 듯
난 양, 펭셍 제주서 살 거라마씀.

나는 제주에 살아요

남들은 남들은
넓은 세상 좋다고
미국으로 중국으로
공부하러 떠나지만

나는 나는
높은 한라산
푸른 바다
푸른 하늘 출렁이는
제주가 좋아요.

어른들은 어른들은
서울에 가야 성공한다고
땅 팔고
집 팔고 떠나지만

나는 나는
노란 귤 넘치고
올레길 정답고

돌담으로 메운 밭담 많은
제주가 좋아요.

할아버지가 이룬 땅
아빠가 가꾸고
아빠가 가꾼 땅
내가 지켜 가며
제주에 살 거예요.

할머니가 만든 구석구석
엄마가 꽃 심고
엄마가 가꾼 정원
꿈 되고 미래 되듯
나는 영원히 제주에 살 거예요.

겨우살이

는 알암시냐?

춤낭에 직산ㅎ영
뽕낭에 직산ㅎ영
초낭에 직산ㅎ영

ㅅ계절 느량
놈 혼티 의지ㅎ멍 살아도
지녁 일름 번득ㅎ게 ㄱ지고
둥차게 살아가는

▶ 〈겨우살이〉 곽금초 2학년 정수빈

낭을 알암시냐?

눔이 집이 세 들언 살아도
기십죽지 안ㅎ곡
봄이는 앙증맞은 노리롱ㅎ 꼿 피우고
ㄱ슬들민 알알이 노리롱ㅎ 율매 율명도
이디저디 드러내지 안ㅎ고
어신 추룩 속심ㅎ연 살아가는 낭

ㅂ레지 못ㅎ는 곳디 튼튼 곱안 지내멍
심 어신 사름덜ㅎ티 상내 ㄴ놔 주고
근심 한 사름덜ㅎ티 웃음 주는 낭

는 알암시냐?

겨우살이

너는 알고 있니?

참나무에 기대어
뽕나무에 기대어
떡갈나무에 기대어

사계절 내내
남에게 의지하며 살아도
제 이름 버젓이 갖고
당당하게 살아가는
나무를 아니?

남의 집에 세 들어 살아도
기죽지 않고
봄에는 앙증맞은 노란 꽃 피우고
가을이면 알알이 노란 열매 맺고도
여기저기 드러내지 않고
조용히 살아가는 나무

보이지 않는 곳에 꼭꼭 숨어 지내며
용기 잃은 사람들에게 향기 나눠 주고
근심 많은 사람들에게 웃음 번지게 하는
웃음치료사 나무

너는 알고 있니?

2부

애기 업은 돌

애기 업은 돌

바당 풀덜이 춤추고

배또롱 아래 쿰은

포끌락훈 돌 후나

애기 업은 돌

한라산 하르방

나가 산 잇인디서 브레보민
한라산은
우리 하르방 무자 곹아마씸.

미깡낭 키우랴
마농 싱그랴
지실 키우랴
느량 썬 이신 밀랑페랭이

▶ 〈한라산 할아버지〉 곽금초 3학년 진현서

70

フ만이 오레오레 ㅂ려다 보민
한라산 자부센
우리 하르방 양지 곧아마씀.

한한훈 내창덜광
박작훈 낭덜
그 ㅅ시로 난 좁작훈 질덜
심 센 제주 ㅂ름 맞이멍
제주를 직훈
하르방 양지에 그려진
준주름 무니

한라산 올를 적인
크고 널른
하르방 쿰 안에 안기는 것 곧아마씀.

한라산 할아버지

내가 서 있는 곳에서 바라보면
한라산은
우리 할아버지 모자 같아요.

귤 키우랴
마늘 심으랴
감자 키우랴
늘 쓰고 있는 밀짚모자

가만히 오래오래 바라보다 보면
한라산 모습은
우리 할아버지 얼굴 같아요.

수많은 계곡들과
빽빽한 나무들
사이사이 난 좁다란 길들
세디센 제주 바람 맞으며
제주를 지켜 온
할아버지 얼굴에 그려진

잔주름 무늬

한라산 오를 때마다
크고 넓은
할아버지 품 안에 안기는 것 같아요.

산 삼춘

산이는 산이는
낭만 사는 줄 알아신디
낭보다 더 ᄇ지런ᄒ
산 삼춘 잇엇인게.

산이는 산이는
꼿광 셍이덜만
소리ᄒ는 줄 알아신디
꼿보다 ᄆ저 피고

▶ 〈산아저씨〉 곽금초 3학년 강지운

셍이보다 ᄉ못 목청 높은
산 삼춘 잇엇인게.

산이는 산이는
ᄇ름광 구름만
놀레오는 중 알아신디
ᄇ름보다 ᄉ못 뿔리
구름보다 ᄉ못 폭삭혼
산 삼춘 잇엇인게.

오눌도
머리엔 구름
우뚝지옌 ᄇ름
두 발엔 혹 냄살

해님보다 믄저 일어나
훠이 훠이 산 올르는
우리 동네 산 삼춘

산 아저씨

산에는 산에는
나무만 사는 줄 알았는데
나무보다 더 부지런한
산 아저씨 있었네.

산에는 산에는
꽃과 새들만
노래하는 줄 알았는데
꽃보다 먼저 피고
새보다 더 목청 높은
산 아저씨 있었네.

산에는 산에는
바람과 구름만
놀러 오는 줄 알았는데
바람보다 더 빠르고
구름보다 더 포근한
산 아저씨 있었네.

오늘도
머리엔 구름
어깨엔 바람
두 발엔 흙냄새

해님보다 먼저 일어나
훠이 훠이 산 오르는
우리 동네 산 아저씨

제주도

나가 산 이신 요기서 출발ᄒ고
개끗질 뜨라 걸고 걸당 보민
뜨시 나가 산 이신 요기에 오게 되는
동글락ᄒᆫ 섬

양지 솔 ᄌ골리는 ᄇ름 인ᄉ
가는 디마다 알콩달콩 말 ᄑ는
돌담덜이 정겹고
절이 몰안 오는 바당 냄살

▶ 〈제주도〉 곽금초 3학년 고기문

꼿 냄살보다 상긋ᄒᆞ여마씀.

저 멀리 날 지켜보는 한라산 미소
한라산 알펜이 높고 낮은 오름 손짓
올렛질마다 ᄑᆞ릉ᄒᆞᆫ 낭덜의 환영
돌아오는 사름도 떠나는 사름도
웃음 ᄀᆞ득ᄒᆞ여마씀.

해마다 유채꼿 매실꼿 동박꼿 만발ᄒᆞ고
지실 마농 미깡 익어 가는 디
하르방 두 손엔 아ᄋᆞ덜
할망 쿰 소곱엔 가족덜
ᄒᆞᆫ디 지켜 주는 ᄆᆞ을

궤삼봉 ᄀᆞ득ᄀᆞ득.
ᄉᆞ망이 ᄀᆞ득ᄀᆞ득.

제주도

내가 서 있는 이곳에서 출발하고
해안선 따라 걷고 걷다 보면
다시 내가 서 있던 이곳에 닿게 되는
둥근 섬

얼굴 볼 간지럽히는 바람의 인사
가는 곳마다 알콩달콩 수다 떠는
돌담들이 정겹고
파도 몰고 오는 바다 냄새
꽃 냄새보다 향긋해요.

저 멀리 나를 지켜보는 한라산 미소
한라산 아래 높고 낮은 오름 손짓
올레길마다 푸른 나무들의 환영
돌아오는 사람도 떠나는 사람도
웃음 가득해요.

해마다 유채꽃 매화꽃 동백꽃 만발하고
감자 마늘 귤이 익어 가는 곳

할아버지 두 손에 아이들
할머니 품속에 가족들
서로 지켜 주는 마을

사랑이 넘쳐요.
행복이 넘쳐요.

대평리 심방거미

바당이 시원이 부레지는
유리창가

바당만이 널른
거미집 혼 체
알록달록 곱닥혼
여왕 거미 혼 마리
웃엄신게

▶ 〈대평리 무당거미〉 곽금초 2학년 권도은

거미집 트멍트멍
가두와진 소님덜

절 치는 소리 좋완
바당 냄살 좋완
개끗ㅂ름 좋완
놀레 오랏단

큰큰훈 심방거미 집이
가두와진
바당 ᄆ을 버렝이덜

심방거민 저 바당 덕보완
ᄀ만이 앚아둠서
저슬 준비 ᄆ ᄆ쳐신게.

대평리 무당거미

바다가 훤히 내다보이는
유리창가

바다만큼 넓은
거미집 한 채
알록달록 예쁜 옷
여왕 거미 한 마리
웃고 있다.

거미집 구석구석
슬픈 손님들

파도 소리 좋아서
바다 냄새 좋아서
바닷바람 좋아서
날아왔다가

커다란 무당거미 집에
갇혀 버린

바다 마을 곤충들

무당거미는 저 바다 덕분에
가만히 앉아서
겨울 준비 다 끝냈다.

도시 저슬셍이

두령청이 나산 셍이 떼
주냑 하늘로 눌싸게
지녁 몸 데껌신게.

낭에 앚아난 셍이
공원 눓터에서 줌 졸아난 셍이
허천에서 질 일러난 셍이

훈 줄로 눌단

▶ 〈도시의 겨울새〉 곽금초 1학년 이다은

수방으로 허꺼지고
또시 동글락 동글락
하늘 에와싸멍
꼼작 놀춤 추엄신게.

전짓줄 웃티서 싸우는 셍이
거푸집이서 움츠린 셍이
씨레기통 주웃거리는 셍이

언디 존뎌 내라고
이녁자신 이겨 내라고
꿈을 일러불지 말라고

도시의 겨울새

느닷없이 나타난 새 떼
저녁 하늘로 날쌔게
제 몸 던져요.

나무에 앉았던 새
공원에서 졸던 새
허공에서 길 잃었던 새

일렬로 날다가
사방으로 흩어지고
다시 둥글게 둥글게
하늘 에워싸며
깜짝쇼 펼쳐요.

전깃줄 위에서 싸우는 새
거푸집에서 움츠린 새
쓰레기통 기웃거리는 새

추위 견뎌 내라고

자신 이겨 내라고
꿈을 기억하라고

어스름새벨

해 즈문 서펜 하늘
빈찍이는 벨이 잇이민
건 똑기 어스름새벨일 거우다

새벡이 동펜 하늘 새벨
뒈지 못헹
돌으멍 돌으멍
즈냑 하늘에 미처오라실 거우다

▶〈개밥바라기〉곽금초 5학년 강태희

조냑 フ리
배고픈 강셍이덜신디
것 주고정 ㅎ연
사발이 되실 거우다

헤 조문 서펜 하늘에
번지는 빗 잇이민
질 일러분 사름덜신디
나침판 뒈어 주젠 ㅎ
어스름새벨 ㅁ음일 거우다

개밥바라기

해 진 뒤 서쪽 하늘에
반짝거리고 있는 것이 있다면
그건 분명 개밥바라기일 거예요.

새벽에 동쪽 하늘 샛별
되지 못해
달리고 달려
저녁 하늘에 도착했을 거예요.

저녁 무렵
배고픈 강아지들에게
밥 주고 싶어
그릇이 되었을 거예요.

해 진 뒤 서쪽 하늘로
번지는 빛이 있다면
길 잃은 사람들에게
나침반 되어 주려는
개밥바라기 마음일 거예요.

망고수박

뚱글뚱글흔 수박
반착으로 쩌억 갈르민
벌겅흔 속 나올 줄 알앗주?

짠 ᄒ고 나온
노린 노린 망고

기영ᄒ주마는 망고는 아니주

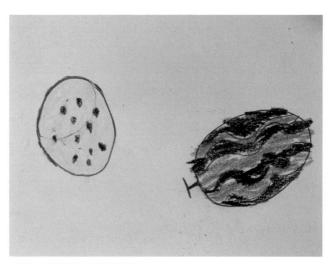

▶ 〈망고수박〉 곽금초 2학년 좌승유

돌콤 돌콤혼 맛
꺼멍 꺼멍 꺼멍 씨

벌건 ᄆᆞ음 대신
노린 ᄆᆞ음 물들인
분멩혼 수박

알앙 놔두심

망고수박

동글동글한 수박
반으로 쩌억 가르면
붉은 속 나올 줄 알았지?

짠하고 나온
노랑노랑 망고

그렇다고 망고는 아냐

달콤 달콤한 맛
까망 까망 까망 씨

붉은 마음 대신
노란 마음 물들인
엄연한 수박

알아 두라고!

돌돌몰이구름

하늘이
끄응
옹 흐여신가

구름은
돌돌 몰아진 화장지

비에 젖인 하늘
트멍트멍
닦아 줴신게

▶ 〈두루마리 구름〉 곽금초 3학년 이진이

두루마리구름

하늘이
끙!
응가했나 봐.

구름은
두루마리 화장지

비에 젖은 하늘
구석구석
닦아 준다.

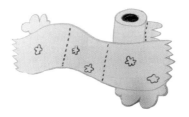

요란흔 비

추적추적 헤싸지는 비
ㄱ랑ㄱ랑 젖이는 비
속솜속솜 털어지는 비
오도낫흔 나 친구 닮안.

물굽 소리 츠록 돌으멍 오는 비
쏴아 쏴아 숀아지는 비
후드득 털어지는 우박
오빈닥 흔 나 친구 닮안.

▶ 〈요란한 비〉 곽금초 2학년 진강리

요란한 비

추적추적 흩어지는 비
가랑가랑 적시는 비
조용조용 떨어지는 비
얌전한 내 친구 같다.

말발굽 소리처럼 달려오는 비
쏴아 쏴아 쏟아지는 비
후드득 떨어지는 우박
변덕 심한 내 친구 같다.

뜨라진 밥

하늘아, 는 무사 기영
뜨라지니?

뜨라진 밥 먹으난
뜨라지주.

선풍기야, 는 무사 기영
멍청이구?

▶ 〈똑똑밥〉 곽금초 2학년 김지현

보름이 나 소곱 문 놀려부난
멍청이주.

게민 하늘표 뜨라진 밥
혼 사발 주카?

똑똑 밥

하늘아, 넌 왜 그렇게
똑똑하니?

똑똑 밥 먹었으니
똑똑하죠.

선풍기야, 넌 왜 그렇게
멍청하니?

바람이 내 속 다 날려 버려서
멍청하죠.

그럼 하늘이표 똑똑 밥
한 그릇 줄까?

셋가시

소왁소왁ㅎ연
빙원이 가시난
세에 가시가 돋앗젠.

멩심ㅎ여사커라
그 발 뽈른 가시가
어드레 튈지 몰르난.

▶ 〈혓바늘〉 곽금초 6학년 이주안

혓바늘

따끔따끔해서
병원에 갔더니
혀에 바늘이 꽂혔대.

조심해야겠어.
고 발 빠른 바늘이
어디로 튈지 모르니까.

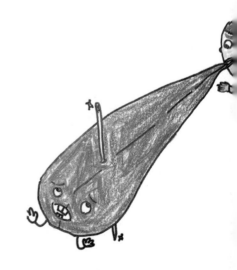

할망 밧 호박

헷살 받안먹언게
빗물 받안먹언게

노린노린 노린꼿
햇님만 혼 노린꼿

▶ 〈할머니 밭 호박〉 곽금초 2학년 좌승유

콤콤훈 밤 준디언게
씬 부름 이겨 내언게

푸린푸린 호박 새끼
돌만이 훈 호박 새끼

지랑지랑 돌렷저.
할망 양지 추록 돌렷저.

할머니 밭 호박

햇살 받아먹더니
빗물 받아먹더니

노랑노랑 노랑꽃
해님만 한 노랑꽃

깜깜한 밤 견뎌 오더니
센 바람 이겨 내더니

초록초록 호박 알
달님만 한 호박 알

주렁주렁 열렸네.
할머니 얼굴처럼 열렸네.

비둘기 짓터럭 후나

연동흘천 공원 풀 웃티 털어진
짓터럭 후나

이 짓터럭 후나 일러분
비둘기는
잘 놀아 뎅겸신가

춫아주젠
돌려주젠

▶ 〈비둘기 깃털 하나〉 곽금초 2학년 권도은

멧 번이나 공원을 주왁거려도

짓터럭 주연은 엇언

게므로사 촗이레 오카보덴
공원 낭 의자 웃티

놔
뒌
왓
주

비둘기 깃털 하나

연동흘천 공원 풀 위에 떨어진
깃털 하나

이 깃털 하나 잃어버린
비둘기는
잘 날고 있을까

돌려주려고
돌려주려고
몇 번이나 공원 서성거려도
깃털의 주인은 없다

혹시나 찾으러 올까 봐
공원 나무 의자 위에

놓
고
왔
다

애기 업은 돌

화북 개 지나
별도봉 올르당 보민

바당 펜으로 우둘렝이 산 잇인
왕석 ᄒ나

▶ 〈애기 업은 돌〉 곽금초 5학년 전하경

그 왕석 온몸인
바당 풀덜이 춤추고
배또롱 아래 쿰은
쪼끌락흔 돌 흐나
애기 업은 돌

매날매날
어멍 어멍 불르멍 울엄저.
돌도 파도츠록 울엄저.

나가 달래 주고정 흐염저.

애기 업은 돌

화북 포구 지나
별도봉 오르다 보면

바다 향해 우뚝 솟은
바위 하나

그 바위 온몸엔
해초들이 춤추고
배꼽 아래 품은
작은 돌 하나
애기 업은 돌

매일매일
엄마 엄마 부르며 우네요.
돌도 파도처럼 우네요.

내가 달래 주고 싶어요.

곽지서 구름 탕 노을 탕

혹교가 무치민
조문에는 느량 구름이 지둘렷주.

구름이 분홍 옷 입언 잇이민
어가라 어둑어질 거라.
어가라 얼어질 거라.

혼저 와.
혼저 와.

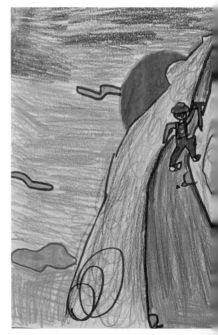

구름이 내운 손 불끈 잡안
불고롱혼 놀 기차 탕
씽씽 돌렴저.

혹교도 체육관도
바당도 무을도
확확 지남고

셍이덜광 구름광 부름광

114

▶ 〈곽지에서 구름타고 노을 타고〉 곽금초 6학년 김민천

소도리 맞추멍
와랑차랑 놀래 불르민
어둑움도 엄도
산 넘어로 돌아나 불주.

분홍 구름 친구영
놀 기차 탕
집이 들어오민 심심ᄒ연

흔적 닐을 등경
혹교로 돌려가고정ᄒ다.

구름아 노을아
낼랑 만나게이.

곽지에서 구름 타고 노을 타고

학교가 끝나면
교문에는 항상 구름이 기다린다.

구름이 분홍색 옷 입고 있다는 건
곧 어둠이 올 거야.
곧 추워질 거야.

어서 와.
어서 와.

구름이 내민 손 꼭 잡고
붉은 노을 기차 타고
쌩쌩 달린다.

학교도 체육관도
바다도 마을도
휙휙 지나가고

새들과 구름과 바람과

수다 떨며
신나게 노래 부르면
어둠도 추위도
산 너머로 달아나 버린다.

분홍 구름 친구와
노을 기차 타고
집에 돌아오면 심심해.

빨리 내일이 와서
학교로 달려가고 싶어진다.

구름아 노을아
내일 만나자.

3부

비즈림질 고민

비자림로의 고민

하늘만이 땅만이

널찍하게 하젠 하민

줄라질 비즈남이영

헤싸질것이 궂엉

천백고지 눈꼿

이 시상에 눈
1100 고지에
문 모여신게.

1100 고지의 눈
저슬 낭에
눈꼿 페와신게.

산이 가는 질도 지와 불곡

▶ 〈천백고지 눈꽃〉 곽금초 2학년 정수빈

집이 가는 질도 지와 불곡

푸린푸린도 히양케
왕상왕상도 히양케

나도 고만이
히양혼 눈꼿

천백고지의 눈꽃

이 지구상의 눈
1100 고지에
다 모였다.

1100 고지의 눈
겨울나무에
눈꽃 피웠다.

탐방길도 지워 버리고
집으로 가는 길도 지워 버리고

파릇파릇도 하얗게
앙상 앙상도 하얗게

나도 그대로
하얀 눈꽃

보리 무을

제주도 서펜 무을
고산리선

널른 벵디 て튼 밧덜이
함니께

그 밧 て득 맥주보리
푸리게 푸리게 컨

악어를 남니께.

황금을 다끔니께.

궤삼봉ᄒ는 무음 키웁니께.

보리 마을

제주도 서쪽 마을
고산리에는

넓은 평야 같은 밭들이
많아요.

그 밭 가득 맥주보리
푸르게 푸르게 자라

악어를 낳아요.

황금을 빚어요.

사랑의 씨 키워요.

▶ 〈보리마을〉 곽금초 3학년 고강휘

예이 엇인 레몬

할망네 과수원
ᄀ슬 들민
노린 미깡덜이
지랑지랑

할망네 욮 과수원
ᄀ슬 들민
노린 미깡덜이
지랑지랑

좃좃이 보난
이사 온 레몬
지나가는 관광객
불러 모도암신게.

예이 엇인 레몬
제주의 인기맨 넘보젠 ᄒ연

두고 보주

돌콤 돌콤혼

한라봉 레드향 카라향 천혜향

몬 모이게!

▶ 〈예의없는 레몬〉 곽금초 2학년 정유빈

예의 없는 레몬

할머니네 과수원
가을이 되자
노란 귤들이
주렁주렁

할머니네 옆 과수원
가을이 되자
노란 귤들이
주렁주렁

자세히 보았더니
이사 온 레몬
지나가던 관광객
불러 모으네요.

예의 없는 레몬
제주의 인기맨 넘보려 하다니

두고 보자

달콤 달콤한
한라봉 레드향 카라향 천혜향
다 모여라!

비ᄌᆞ람질 고민

비가 오나
눈이 오나
비ᄌᆞ남덜이영 ᄀᆞ찌
기냥 잇이젠 ᄒᆞ민
몸뗑이 좁안
지나뎅기는 사름덜
봉당 봉당

그 봉당거림 컨

▶ 〈비자림로의 고민〉 곽금초 2학년 정수빈

하늘만이 땅만이
널찍ᄒ게 ᄒ젠 ᄒ민
졸라질 비ᄌ남이영
헤싸질것이 궂엉
ᄆ음이 울언

비자림로의 고민

비가 오나
눈이 오나
비자나무들과 함께
그대로 있으려 하면
몸뚱이 좁다고
지나가는 사람들
아우성이고

그 아우성 높아
하늘만큼 땅만큼
넓히려고 하면
잘려 나갈 비자나무와
헤어질 것이 싫어
마음이 울고

한라산 메꽃

산이서 느려올 때
보아수다.

낭 아래
곱닥호게 핀
연분홍색

우리 할망 색

▶ 〈한라산 메꽃〉 곽금초 5학년 고희선

한라산 메꽃

산에서 내려올 때
보았어요.

나무 아래
곱게 핀
연분홍색

우리 할머니 색

눈벌레기네 오름

텅텅 빈 허천
몰른 남뎅이만 ᄀ득훈 벡ᄇ름

삐쭉삐쭉 야게 내밀멍
더듬으멍 기어 올른 벡ᄇ름

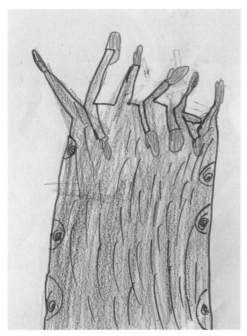

▶ 〈담쟁이의 여름〉 곽금초 2학년 고명준

아쓱 질 텀선게
그ㅅ이 푸리롱훈 물살
ㅅ방이 훤ㅎ여지는거라.

나만 홀고로미 끙끙ㅎ멍
저슬살이 ㅎ는 중 알아신디

느영 나영
믄 훈ㅁ심인 거주이.

베려 보라
가들락ㅎ던 느광 나 푸린 꿈덜도
나비추룩 풀랑풀랑 놀암시녜.

끗끼정 포기ㅎ지 안ㅎ영
퍼렁훈 오름 지나민
발강케 발강케 물들인 ㄱ을
선세 받을 거여.

시상은 믄 우리 일름 덜로
ㄱ득훌 거여

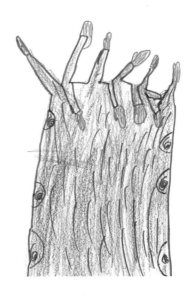

136

담쟁이의 여름

텅텅 빈 허공
마른 줄기만 가득했던 벽

빼꼼빼꼼 고개 내밀며
더듬더듬 기어온 벽

잠시 기지개 폈더니
어느새 초록 물결
사방이 환해지는 거야.

나만 홀로 끙끙거리며
겨울나기 한 줄 알았는데

너도나도
모두 한마음이었던 거야.

봐, 봐
꿈틀대던 우리 푸른 꿈들이
나비처럼 팔랑팔랑 날고 있어.

끝까지 포기하지 않고
푸른 여름 건너면
빨갛게 빨갛게 물든 가을
선물 받는 거야.

세상엔 온통 우리 이름들로
가득할 거야.

녹남봉 보롬둘

보롬둘은 보롬둘은 알암주
녹남오름 브름을

아무도 엇인 밤이 촛아완
꼿광 놀고
낭광 소도리ᄒ는 것을

보롬둘은 보롬둘은 알암주
녹남오름 벨님을

▶ 〈녹남봉 보름달〉 곽금초 2학년 정수빈

아무도 엇인 밤이 촞아완
불란지영 춤추고
나비 이불 뒈어준 것 말이주

보롬돌은 보롬돌은 알암주
녹남오름 삼춘을

비가 오나 ᄇᆞ름 부나
조작벳 총알추록 솓아져도
꼿을 싱그곡
돌탑 다우멍
구루마에 희망 실런 날르는 걸

녹남봉 보름달

보름달은 보름달은 알고 있지
녹남봉 바람을

아무도 없는 밤 찾아와
꽃과 놀고
나무와 이야기하는 것을

보름달은 보름달은 알고 있지
녹남봉 별님을

아무도 없는 밤 찾아와
반딧불이와 춤추고
나비 이불 되어 준 것을

보름달은 보름달은 알고 있지
녹남봉 아저씨를

비가 오나 바람 부나
뜨거운 햇볕 총알처럼 쏟아져도

꽃을 심고
돌탑 쌓으며
리어카에 희망 실어 나르는 것을

연두

오널 소정이 그림 소곱 섹깔은
문 연두섹

오름도
운동화도
하늘도 구름도
문 연두

무사 문 연두섹이라

▶ 〈연두〉 곽금초 1학년 안태진

ㅎ는 물음에
이제 나 ㅁ음 섹이
연두섹이란 경ㅎ주.

씨익 웃는 웃임도 연두섹
우리 교실도 우리 ㅁ음도
ㅁ 연두섹에 물든 날

연두

오늘 소정이 그림 속 색은
온통 연둣빛

오름도
운동화도
하늘도 구름도
온통 연두

왜 모두 연두색이니
라는 물음에
지금 내 마음 빛깔이
연두라서 그래.

씨익 웃는 웃음도 연두색
우리 교실도 우리 마음도
온통 연두색에 물든 날

구피

오일장서 온
빨주노초파남보
열대 궤기덜

무사 산지
곱닥흔 색 부떠
흐나둘 죽어 불언
흔차 남은
베뽕글락 구피

▶ 〈구피〉 곽금초 1학년 고강민

웨로우카 보덴
노래 불러 주곡
심심ㅎ카 보덴
말 글아 본 것뿐인디

구름 떼ㅊ록
나한티 선세ㅎ
한한ㅎ 궤기식구
잘도 고마완

어멍 구피
애기 구피
와랑와랑

이젠 ㅈ들지 안ㅎ멘

구피

오일장에서 온
빨주노초파남보
열대어들

무슨 이유인지
예쁜 색깔부터
하나둘 죽어 버리고
혼자 남은
배불뚝이 구피

외로울까 봐
노래 불러 주고
심심할까 봐
말 걸어 준 것뿐인데

구름 떼처럼
나에게 선물한
대식구
참 고맙다

엄마 구피
아가 구피
와글바글

이젠 걱정 없다

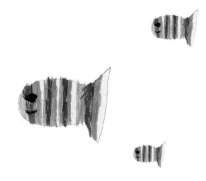

풍선넌쭐 2

올봄이 꼿단지더레 싱거논
까망혼 꼿씨덜

어이ᄒ난 섭셍이 나완
넌쭐 벋언
허연 꼿 피왐선게

연둣빛 풍선덜
올망졸망 돌렷인게.

▶ 〈풍선덩쿨2〉 곽금초 3학년 이진이

ᄀᆞ슬 드난
이녁 집이 답답ᄒᆞ엿인가.

자락자락 벋언
웃녁집 담 넘언 상낭더레 갓인게.

풀풀 나는 냄살 웃터레
허영ᄒᆞᆫ 꼿덜 흰 눈추룩 피엇인게.

게난 까망ᄒᆞᆫ 꼿씨 ᄒᆞ나가
툰툰 좀간 잇인
우알력집 거신담 멜싸 불엇인게.

풍선덩굴 2

올봄 화분에 심어 둔
까만 씨앗들

어느새 잎싹 나고
줄기 뻗어
하얀 꽃 피우더니

연둣빛 풍선들
올망졸망 열렸어요.

가을 되자
자기 집이 답답한가 봐요.

쑥쑥 뻗어
담장 너머 향나무에게 닿았어요.

풀풀 나는 향기 위에
흰 꽃들이 흰 눈처럼 쌓여 가요.

고 까만 씨앗 하나가
꼭꼭 닫혀 있던
이웃 벽담 허물어 주네요.

우리 어멍만 경훈 줄 알아신디

우리 ᄆᆞ을 단골 길고넹이
어미영 새끼영 고찌 뎅겸저.

ᄀᆞ끔 것을 주민
어미는 배고파도 춤안
새끼가 ᄆᆞᆫ 먹을 때 ᄁᆞ지
지달리주.

우리 어멍만 경훈 줄 알아신디
어미 고넹이도
춤 뒈양지다.

▶ 〈우리 엄마만 그럴 줄 알았는데〉 곽금초 2학년 정유빈

우리 엄마만 그럴 줄 알았는데

우리 동네 단골 길냥이
엄마와 아가 함께 다닌다.

가끔 먹이를 주면
엄마는 배고파도 참고
아가 다 먹을 때까지
기다린다.

우리 엄마만 그럴 줄 알았는데
엄마 고양이도
참 대단하다.

행복 빌라 고넹이

행복 빌라 환풍기 두이펜
어미광 고찌 코삿ㅎ게 살아난
새끼 고넹이
이젠 혼찬게.

새끼 크는 ᄉ이 에미는
것 먹는 벱
눈 맞춤 ㅎ는 벱
몸 단장 ㅎ는 벱
하악질 ㅎ는 벱
ᄆ ᄀ리차 줘뒌
질 떠나신게.

나가 것 주젠 ㅎ난
반가운 대신 하악질 ㅎ염저.
지녁 직ㅎ젠 ㅎ는 건 알주만
매날 것 거념ㅎ여 주는 날
ᄀ자 몰란

아멩헤도 어미가 ㄱ리차실 거라.

멩심해!
온 사름을 온 친구를
무장 가차이ᄒ민
똑기 다치게 될거여.
이녁대로 이녁을 지켜사
ᄒ차 살아갈 수 잇주게.

▶ 〈행복빌라 고양이〉 곽금초 6학년 이주안

행복 빌라 고양이

행복 빌라 환풍기 뒤편
엄마와 함께 행복하게 살던
아기 고양이
이젠 혼자다.

아기가 크는 동안 엄마는
밥 먹는 법
눈키스 하는 법
글루밍 하는 법
하악질 하는 법
다 가르쳐 주고
길 떠났다.

내가 밥 주려고 하자
반가움 대신 하악질 한다.
자기 보호한다는 건 알지만
매일 밥 챙겨 주는 나를
아직도 몰라주다니

아마 엄마가 가르쳤을 거야.

조심해!
모든 사람을 모든 친구를
무턱대고 가까이하면
꼭 다치게 된단다.
스스로 자기를 지켜야
홀로 살아갈 수 있단다.

힌달개비꼿

우영이 눌아온
달개비 흔 쿨

베란다에
집 흔 체
멘글아 주난

▶ 〈흰달개비꽃〉 곽금초 2학년 김지현

매날 아칙
힌 놀개 파닥이멍
날 깨왐신게.

밤이민 놈몰르게
옴으렷단
아칙이민
폴랑폴랑 페와지는
놀개춤

나도 슬쩨기
그 등땡이 탄
꿈나라 놀아감서.

흰달개비꽃

텃밭에 날아온
달개비 한 마리

베란다에
집 한 채
만들어 주었더니

매일 아침
하얀 날개 파닥이며
날 깨운다.

밤이면 남몰래
오므렸다가
아침이면
파라랑 파라랑 펼치는
날개춤

나도 살포시

그 등 타고
꿈나라 날아간다.

고넹이 우산

비 솓아지는 길ㄱ

애기 고넹이
젖어불카

큰큰훈 우산 흐나
폴 벌련 잇인게

164

고양이 우산

비 쏟아지는 길가

아기 고양이
젖을까 봐

커다란 우산 하나
팔 벌려 있어요.

▶ 〈고양이우산〉 곽금초 4학년 강현민

4부

좀네영 바당이영

해녀랑 바다랑

그쟈 놀지를 못ᄒᆞ연

그쟈 털어지지 안 ᄒᆞ연

좀네영 바당이영

어멍이영 애기추룩

좀녜영 바당이영

동글동글 해님
부꺼올르민

펠롱펠롱 좀녜영
푸링푸링 바당이영

숨 ㅂ뜬
고불락 헴신게.

바당은
도댓불 두깡이 곱안

좀녠
바당 두깡이 곱안

좀녜는 바당만 촛으곡
바당은 좀녜만 촛으곡

해님이 하우염 ㅎ멍

해지는 벌건 집으로 기어 들어도

좀녠 바당 ㅂ끈 안곡
바당은 좀녤 ㅂ끈 안곡

그쟈 놓지를 못ㅎ연.
그쟈 털어지지 안 ㅎ연.

좀녜영 바당이영
어멍이영 애기추룩

▶〈해녀랑 바다랑〉곽금초 2학년 정유빈

해녀랑 바다랑

동글동글 해님
솟아오르면

팰롱팰롱 해녀랑
파랑파랑 바다랑

숨 가쁜
숨바꼭질해요.

바다는
등대 뒤에 숨고

해녀는
바다 뒤에 숨고

해녀는 바다만 찾다가
바다는 해녀만 찾다가

해님이 하품하며

노을 집으로 들어가도

해녀는 바다 꼭 끌어안고
바다는 해녀 꼭 끌어안고

서로 놓지 못해요.
서로 떨어지지 않아요.

해녀랑 바다랑
엄마랑 아기처럼

소섬 줌네

제주도에는
쉐추룩 생긴 섬 소섬이 싯고
그 섬에는
쉐보다 줌네들이 하마씀.

수평선으로 벌겅훈 해 터올르민
절이 부르는지
부름이 부르는지
바당으로 가마씀.

검은 물옷으로 골아입언
물 눈 쓰민
똑 외계인 곹아마씀.

테왁 망사리 어깨에
든든이 묶엉
바당 소곱으로 들어강
구젱기 전복 물꾸럭 메역
그득 안앙 오는

172

시상에서 질로 심쎈 외계인.

소섬에 가민
심 쎈 줌녀들이 불턱이서
바당을 키와마씀.
제주를 키와마씀.

▶ 〈우도 해녀〉 곽금초 3학년 이진이

우도 해녀

제주도에는
소처럼 생긴 섬 우도가 있고
그 섬에는
소보다 해녀들이 많아요.

수평선으로 붉은 해 떠오르면
파도가 부르는지
바람이 부르는지
바다로 가요.

검은 물옷으로 갈아입고
물안경 쓰면
꼭 외계인 같아요.

테왁과 망사리 어깨에
단단히 묶고
바닷속으로 들어가선
소라 전복 문어 미역
가득 안고 오는

세상에서 가장 힘센 외계인.

우도에 가면
힘센 해녀들이 불턱에서
바다를 키워요.
제주를 키워요.

범섬 구름

서귀포 범섬

구름 니 모리
히엄신게

나도 끼구정 호다

▶ 〈범섬 구름〉 곽금초5학년 전하경

범섬 구름

서귀포 범섬

구름 네 마리
수영한다

나도 끼어들고 싶다

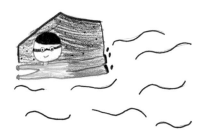

하도리 바당

푸리게 푸리게 출랑이는
넙고 너븐 하도 바당

붉은 등대가 지켠 잇인게.
큰큰훈 돌거북이도 지켠 잇인게.

▶ 〈하도리바다〉 곽금초 5학년 고희선

좀녜덜이 질룽 하낫젠ᄒ는
하도리 바당
그 바당 보젠
사름덜이 을러 들없수다.

일본광 맛산 싸와난
좀녜 함성 소리
허영케 허영케 절ᄎ록 부솨점수다.

나도 좀녀
ᄒ룰 내낭
물궤기광 구젱이광 퀴영 보말이영
놀단 와수다.

고자도 꿈소곱
하도 바당이서
수웨기영 히염수다.

하도리 바다

푸르게 푸르게 출렁이는
넓고 넓은 하도 바다

붉은 등대가 지키고 있어요.
큰 돌거북도 지키고 있어요.

해녀들이 가장 많았다던
하도 바다
그 바다 보려고
사람들이 몰려와요.

일본과 맞서 싸우던
해녀의 함성 소리
하얗게 하얗게 파도처럼 부서져요.

나도 해녀
하루 종일
물고기와 소라와 성게와 보말과
놀다 왔어요.

아직도 꿈속

하도 바다에서

돌고래와 수영해요.

즈곰타는 낭

ㅂ름이 늘 눅져 불언
윰집 고넹이가 늘 곡자 불언
동니 아으가 늘 즈들롸 불언

조작벳 준디멍
으름광 심벅ㅎ단

▶ 〈백일홍〉 곽금초 학년 박세온

꼿단지 소곱 꼿 흔 가젱이

기냥 지켜 봄만 흐여도
벡 일 후제 털어질 꼿

야게기 꺽어진냥
아프덴 엄살피우도 안흐곡
훤흐게 웃엄신게

벡 날을 ㄱ득이젠
벡 날을 존디젠

백일홍

바람이 널 눕혔구나
옆집 고양이 널 할퀴었구나
동네 꼬마가 널 괴롭혔구나

뜨거운 햇살 견디며
여름과 힘 싸움하던
화분 속 꽃 한 송이

그대로 지켜보기만 해도
백 일 후면 떠날 꽃

목 꺾인 채
아프다 엄살 피우지 않고
환하게 웃네요

백 일을 채우려고
백 일을 견디려고

메마꼿 잇어난 자리

지나분 ᄋᆞ름 울긋불긋
훤ᄒ게 웃임웃이단 메마꼿 이젠 엇언.

헤양ᄒ 보라색깔로
돌망돌망 돌아전 잇어난 자리.
둥글둥글 물 풍선덜 돌려신게

▶ 〈메꽃 있던 자리〉 곽금초 5학년 강태희

ᄀ슬들민 활활 페와난 우산 씰언
꺼멍ᄒ게 익은 ᄆ음 베와주젠 헴신가.

손바닥이 벌겨 놓은 꿈덜
가심 톨랑톨랑

멩년 ᄋ름인 ᄋ자리
더 곱닥ᄒ 메마꼿ᄋ로 ᄀ득을 거우다.

메꽃 있던 자리

지난여름 울긋불긋 피어
활짝 웃어 주던 메꽃 이젠 없어요.

하얀빛 보랏빛으로
대롱대롱 매달려 있던 자리
알알이 동그란 풍선들이 달렸어요.

가을이면 활짝 펼쳤던 우산 접고
까맣게 익은 마음 보여 주나 봐요.

손바닥에 늘여 놓은 꿈들
가슴 두근두근

내년 여름엔 이 자리
더 고운 메꽃으로 가득할 거예요.

솔똥

무신걸 기영 하영 먹어그네
오름 ㄱ득 똥을 싸신고

ㄱ만이 곱안 지켜보난
소낭이 먹은 건 햇빗 혼 쪽
ㅂ름 혼사발
셍이덜 놀레소리

밥때마다

▶ 〈솔방울〉 곽금초 3학년 조현철

불펭불만 엇이
맛조케 냠냠

경ㅎ연 소낭 똥은
뿜뿜 공기도 갈라주주게

솔방울

무얼 그리 많이 먹길래
오름 가득 똥 쌌을까

가만히 숨어서 지켜보았더니
소나무가 먹는 건 햇살 한 조각
바람 한 그릇
새들의 노랫소리

끼니때마다
불평불만 없이
맛있게 냠냠

그래서 소나무 똥은
뿜뿜 공기도 나눠 주나 봐

사오기꼿 파는 소리

저슬 내낭 빈 가젱이 웃티
ᄇ름만 키왐선게

ᄇ름이 고마완 새 봄이
질로 먼첨 사오기꼿 피우는 중이주게.

어제도 그저께도 아뭇 그적 엇언게 마는
문 줌 무친 봄밤
사오기낭 ᄌ껭이 곤지름 타는 소리
파파파 코코코 팝콘 터치우는 소리

둘님 귀가 커젼
가로등도 금착 놀레언.

닐 아칙인
해님도 강셍이도
사오기꼿 퉁퉁 터지는 소리에
부스스 깨어날 거 닮은게.

191

벚꽃 피는 소리

겨울 내내 빈 가지 위에
바람만 키우더니

바람은 고마워서 이 봄
가장 먼저 벚꽃 피우는 중인가 봐요.

▶ 〈벚꽃 피는 소리〉 곽금초 3학년 이진이

어제도 그제도 아무 기척 없더니
모두 잠든 봄밤
벚나무 겨드랑이 간지럽히는 소리
파파파 코코코 팝콘 터뜨리는 소리

달님 귀가 커졌어요.
가로등도 깜짝 놀랐어요.

내일 아침엔
해님도 강아지도
벚꽃 톡톡 터지는 소리에
부스스 깨어날 것 같아요.

벌건 신호등

비 오라가민 ㅈ들아 졈신게
벌건 우산 씨카
노린 우산 씨카
푸린 우산 씨카

절국 우산통이서 앗아낸 건

▶ 〈빨간 신호등〉 곽금초 4학년 김성찬

벌건 우산

비 오라가민 ᄌᆞ들아 졈신게
벌건 장화 신으카
노린 장화 신으카
푸린 장화 신으카

절국 신장이서 앗아낸 건
벌건 장화

벌건 장화 신엉
벌건 우산 씨엉
비 오는 질레에 나오민

비도 ᄇᆞ름도 자동차도
ᄆᆞ습지 안ᄒᆞ연
나만 보민 ᄆᆞ 얼어부럼신게

빨간 신호등

비가 오면 고민이 많다
빨간 우산 쓸까
노란 우산 쓸까
파란 우산 쓸까

결국 우산통에서 꺼낸 건
빨간 우산

비가 오면 고민이 많다
빨간 장화 신을까
노란 장화 신을까
파란 장화 신을까

결국 신발장에서 꺼낸 건
빨간 장화

빨간 장화 신고
빨간 우산 쓰고
비 오는 거리 나서면

비도 바람도 자동차도
무섭지 않다
나만 보면 모두 얼어 버리니까

줄초록방울

콩방울만 혼 알덜이
구슬방울만 혼 알덜이

혼 줄
두 줄
열 줄
벡 줄

하늘서 느리는 비추룩

▶ 〈줄초록방울〉 곽금초 2학년 김지현

바우더레 솓아지는 폭포추룩
천장만장 나 머리웃티로 털어졈저.

어이에 나 머리터럭 소곱이서
빼꼼빼꼼 돋안

구슬꼿
구슬꿈
직각ᄒ게 돋암신게.

줄초록방울

콩방울만 한 알들이
구슬방울만 한 알들이

한 줄
두 줄
열 줄
백 줄

하늘에 내리는 비처럼
바위로 쏟아지는 폭포처럼
끝없이 내 머리 위로 떨어진다.

어느새 내 머리카락 속에서
빼꼼빼꼼 돋아나

구슬꽃
구슬꿈
알알이 맺혔다.

고마와양 영등할망

제주 봄 ᄇᆞ름은
영등할망이 탕 오는 ᄇᆞ름

ᄯᆞᆯ광 메누리 ᄃᆞ령 오기도 ᄒᆞ곡
두터운 옷 입엉 오기도 ᄒᆞ고
ᄀᆞ망 ᄯᆞᆯ라진 옷 입엉 오기도 ᄒᆞ고
우장 썽 오기도 ᄒᆞ주

바당에 들어사민
구젱이 생복 조개 보말 ᄆᆞᆫ 깡먹어불주

기영ᄒᆞ영 영등ᄇᆞ름 부는 영등둘엔
ᄌᆞᆷ녜들은 물질 설러불고
농시일도 집 살렴도
멩심멩심
장 ᄃᆞᆼ그는 일도
멩심멩심

이월 초ᄒᆞ룻날 들어완

나가는 보롬날 ??지
제주 사방팔방 ᄆᆞᆫ 둘러ᄇᆞᆼ
지켜 주난
잘도 고마운 할망이우다.

제주 사름덜은
그 고마운 ᄆᆞ음공 갚으젠
보롬 내낭 영등굿 헴수게.
ᄇᆞ름을 다올리는게 아니란
ᄇᆞ름을 줍아뎅겨마씀.

제주를 지키는 건
구짝ᄒᆞᆫ 영등 ᄇᆞ름
그 걱신 ᄇᆞ름 ᄌᆞᆫ디어사 봄이 옴니께.
한라산이 꼿이 핌니께.
제주 아으덜이 ᄒᆞ꼼씩 큼니께.

고마워요, 영등할망

제주 봄바람은
영등할망이 타고 오는 바람

딸과 며느리 데려오기도 하고
두툼한 옷 입고 오기도 하고
구멍 난 옷 입고 오기도 하고

▶ 〈고마워요,영등할망〉 곽금초 6학년 이지석

비옷 입고 오기도 한대요.

바다에 닿아선
소라 전복 조개 보말 다 까먹어요.

그래서 영등바람 부는 영등달엔
해녀들은 바다에 나가지 않고
농사일도 집안일도
조심조심
장 담그는 일도
조심조심

이월 초하룻날 와서
떠나는 보름날까지
제주 곳곳을 휘돌아보며
지켜 준다니
얼마나 고마운 분인가요.

제주 사람들은
그 고마운 마음 보답하려고
보름 내내 영등굿 해요.
바람을 밀어내는 것이 아니라
바람을 받아들여요.

제주를 지키는 건
바로 영등 바람
그 거센 바람 이겨야 봄이 온대요.
한라산에 꽃이 핀대요.
제주 아이들이 손바닥만큼 자란대요.

공작나비

베체기 섭셍이도 사각사각
달개비 섭셍이도 사각사각
춤소앵이 섭셍이도 사각사각

볼써가라 애기 버렝이가 고주아리 뒈언
고주아리가 나비 뒈언
꼿 촞안 놀암신게

나비를 키운 건
베체기
달개비
춤소앵이

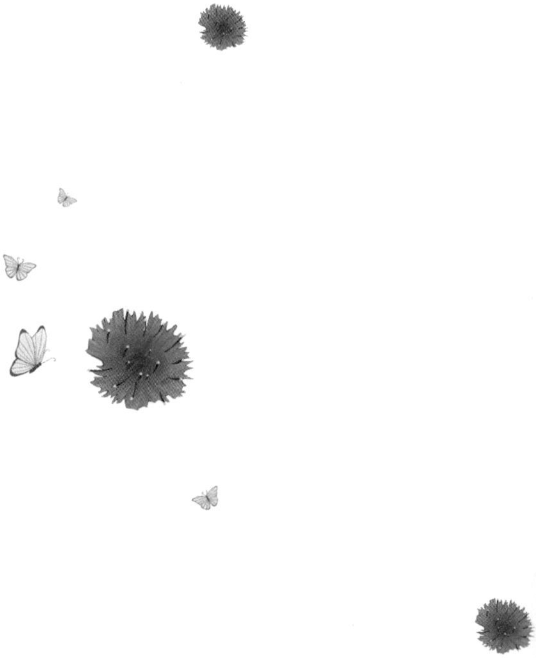

공작나비

질경이 잎도 사각사각
달개비 잎도 사각사각
엉겅퀴 잎도 사각사각

어느새 애벌레가 번데기
번데기가 나비 되어
꽃 향해 날아가요.

▶ 〈공작나비〉 곽금초 6학년 이다빈

나비를 키운 건

질경이

달개비

엉겅퀴

귀덕리 금둘 애기물

어디서 오라신고.
동화책이만 나오는 인어

성난 비 ㅂ름에 불련 와신가
귀덕바당에 든 인어

헐리난디 싯는디도
몰른 첵ᄒ여 준 사름덜 고마완

▶ 〈귀덕리 인어〉 곽금초 3학년 강지운

귀덕리 사름덜 신디
거북일 선세 ᄒᆞ엿젠.
ᄉᆞ망일게 ᄒᆞ엿젠.

인어 놀단 가는 바당
귀덕리 바당

귀덕리 인어

어디서 왔을까.
동화책에만 나오는 인어

성난 비바람에 실려 왔을까.
귀덕 바다에 닿은 인어

다친 상처 씻는데도
모른 척해 준 사람들 고마워서

귀덕리 사람들에게
거북을 선물했대요.
행운을 주고 갔대요.

인어가 놀다 가는 바다
귀덕리 바다

애월 좀녜

어멍 좀녜
물질 가불민

우리 애긴 어멍 지달리단
좀이 들언

▶ 〈애월해녀〉 곽금초 3학년 이진이

망사리엔
생복 구젱이 메역
ᄀᆞ득ᄀᆞ득 담안 집이 오민

우리 애기 볼써가라
좀 께언 빙삭빙삭

애월 해녀

엄마 해녀
물질하러 가 버리면

아가는 엄마 기다리다
잠이 들고

망사리에
전복 소라 미역
가득 담고 집에 오면

아가는 어느새
잠 깨어 생글생글

우리 할망 물허벅

우리 할망 돌담집
마당 혼펜이
물항 ᄒᆞ나
말엇이 홀그렝이 앚안 잇언

비 오민 빗물 먹곡

▶ 〈할머니와 물허벅〉 곽금초 5학년 박세린

ᄇ름불민 ᄇ름 먹곡
햇빗 누리민 햇빗 먹언
빈찍빈찍 빗나주

잇날에 잇날에
물허벅
지금은 지금은
우리 할망 꼿꿈

자꼬만 자꼬만
우리할망 물허벅 추룩
돌글락 동글락
춤추엄신게.

할머니와 물허벅

우리 할머니 돌담집
마당 구석엔
물항아리 하나
말없이 앉아 있어요.

비 오면 빗물 먹고
바람 불면 바람 먹고
햇살 내리면 햇살 먹고
반짝반짝 빛나요.

옛날엔 옛날엔
물양동이
지금은 지금은
할머니 꽃꿈

자꾸만 자꾸만
할머니는 물허벅처럼
둥글게 둥글게
춤추고 있어요.

붉은 오름이 불ㄱ롱호 건

단풍 들언 불고롱호 게 아니주.
방애불 난 불고롱호 게 아니주.

항파두리성이서
밀려오는 몽고군광 싸우단 싸우단
절국 갈디 엇언

▶ 〈붉은오름이 붉은 이유〉 곽금초 6학년 곽경윤

을큰훈 삼벨초 ᄆ음덜
벌겅ᄒ게 물이 든 거주.

ᄇ름도 그치곡 함성도 엇어지곡
을큰훔도 다 몰라부럿주마는

그 시절 맞산 싸와난
그신과 ᄉ랑은
벌겅ᄒ게 올라오는 아칙 태양추룩

이제ᄁ지 이글이글 타올르는 거주게

붉은 오름이 붉은 이유

단풍이 들어서 붉은 게 아니야.
산불이 나서 붉은 것도 아니야.

항파두리성에서
몰려오는 몽고군과 싸우고 또 싸우다
결국 물러설 곳 없어
억울한 삼별초 마음들이
붉게 물든 거야.

바람도 멈추고 함성도 멈추고
억울함도 사라졌지만

그날 맞서 싸웠던
용기와 사랑은
붉게 붉게 떠오르는 태양처럼

아직도 이글이글 타오르고 있어.

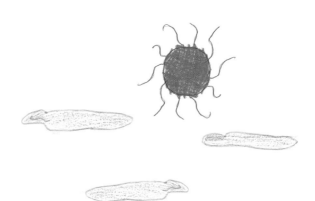

좀녀영 바당이영

해녀랑 바다랑

초판 1쇄 인쇄일 2019년 12월 24일
초판 1쇄 발행일 2019년 12월 31일

지 은 이 양순진
펴 낸 이 양옥매
디 자 인 정해원
그   림 제주도 아이들
교   정 조준경
제주어감수 김순란

펴낸곳 도서출판 책과나무
출판등록 제2012-000376
주소 서울특별시 마포구 방울내로 79 이노빌딩 302호
대표전화 02.372.1537 팩스 02.372.1538
이메일 booknamu2007@naver.com
홈페이지 www.booknamu.com
ISBN 979-11-5776-834-9(03810)

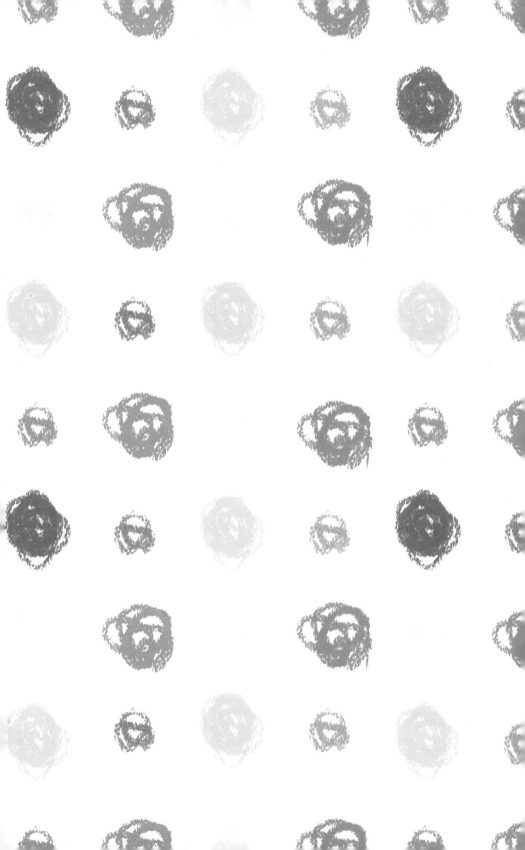